Stefan Dietrich • Together Through Life, oder:
Der Hund erklärt mir die Welt

Dietrich, Stefan:

Together Through Life, oder: Der Hund erklärt mir die Welt / Stefan Dietrich.

Herstellung und Verlag:
BoD-Books on Demand, D – Norderstedt

ISBN: 9783746061597

Inhaltsverzeichnis

Kapitel 1: Schlafen

Der Hund liegt nun schon seit Stunden da und schläft. Ab und zu sieht er auf und beobachtet, was um ihn herum passiert. Die Nase nimmt, leicht und auf keinen Fall zu hoch in die Luft gehoben, Kontakt mit dem offenen Fenster auf. Es ist förmlich zu spüren, wie seriös abgecheckt wird, ob sich die «Duftlage» der näheren Umwelt in den letzten Minuten entscheidend verändert hat. Die Ohren nehmen kurzzeitig den Status von Radarempfängern an, die die Geräuschkulisse der Umgebung minutiös abtasten. Es scheint aber alles im grünen Bereich zu sein. Denn dieses Aufflackern der Anteilnahme an seiner Umgebung währt nur wenige Augenblicke. Gar bald zieht es seinen Kopf, wie von einer unsichtbaren Schnur gezogen, auf seine Pfoten zurück, und schon nach wenigen Sekunden scheint ein Schild an seiner Nase aufzuleuchten: «Bin abwesend im Traumland.» Nach einer Weile zuckt er mit den Beinen, quiekt und zirpt, als habe er einen anregenden Traum, in dem er gerade eine verführerisch duftende Wurst erschnüffelt oder einen Knochen für schlechte Zeiten vergräbt. Ein zufriedenes Seufzen entschlüpft ihm, das in ein leises, röchelndes Schnarchen einmündet. Das Schwanzspitzchen wedelt – unabhängig vom Rest der Rute – beschwingt hin und her, als wisse er, dass er gerade eine Meisterleistung vollbracht habe. Dieses Schwanzspitzwedeln tritt ebenso jeweils dann auf, wenn sich jemand ihm nähert, den er kennt.

Zwei Dinge erstaunen mich daran. Erstens: Wie kann der Hund merken, dass sich jemand ihm nähert, da er doch tief und fest schläft? Und zweitens: Wie kann er gleichzeitig davon Kenntnis haben, dass es jemand ist, den oder die er kennt – also zu seinem «Rudel» dazugehört? Die Personen, die sich ihm annähern, gehen, hüpfen oder kriechen auf ihn zu, stehen vor ihm, betrachten ihn, finden ihn «obersüss», «megaherzig» oder «einfach zum Knuddeln», streicheln ihn, loben ihn und schenken ihm ungeteilte Aufmerksamkeit.

Deswegen aufwachen? Nicht im Geringsten! Die Streicheleinheiten und lobenden Worte werden gekonnt in den Schlaf integriert. Mich würde bereits das Licht stören. Tiefschlaf am helllichten Tag? Praktisch unmöglich! Ich würde mir bald einmal Gedanken darüber machen, dass ich, wenn ich am Tag wohl geruht habe, später in der Nacht keinen Schlaf finde.

Dazu würde sich eine unerbittliche Stimme in meinem Kopf melden, die zu mir zu sprechen anfinge. Unverblümt würde mir von meiner eigenen moralischen Instanz vorgehalten, dass jetzt nicht die Zeit sei, um auszuruhen. Denn alles hat schliesslich seine Zeit! Anscheinend habe ich jedoch nur am Rand mitzuentscheiden, welche Zeit jetzt gerade an der Reihe ist.

Diese innere Stimme würde mir klar und deutlich zu verstehen geben, dass ich mit meinem Allerwertesten wieder einmal nicht aus dem Sessel hochkommen würde; dass ich meine Zeit nicht sinnvoll nutze. Wahrscheinlich würde mir genau in diesem Moment eine dieser Statistiken in die Hände fallen, in der erhoben wird, wie viele Minuten Männer in ihrem Leben mit unnützen Dingen verbringen – mit dem Suchen nach dem Auto- oder Hausschlüssel zum Beispiel, der sich zum wiederholten Male in Luft aufgelöst hat und nicht mehr an jener Stelle liegt, die von mir für ihn vorgesehen war.

In einer Statistik wurde die Lebenszeit angegeben, die Frauen damit verbringen, in ihrer Handtasche zu wühlen. Absurd! Ist eigentlich kein Teil unseres Lebens mehr heilig? Wird bald jeder Winkel unserer Aktivitäten ausgeleuchtet, erfasst, katalogisiert und der Öffentlichkeit zum Frass vorgeworfen? Wozu? Damit die einen auf die anderen zeigen und sich so über die anderen erheben können? Gäbe es nicht weitaus essentiellere Fragen, die man uns Menschen stellen sollte? Zum Beispiel dahingehend, dass Menschen nicht nur in ihrer eigenen Handtasche wühlen, sondern sich oftmals für andere einsetzen? Erhebungen, durch die deutlich würde, dass die Welt sich nicht nur in der eigenen Handtasche abspielt, sondern im Miteinander, im Füreinander.

Wie ist diese Befragung überhaupt abgelaufen? Spazierten zur Überprüfung Statistiker durch die Strassen des Landes und fragten Frauen, wie viel Zeit des Tages sie in ihre Handtasche investieren?

Ich frage mich, welche Antwort ich wohl gegeben hätte. Bekanntlich jedoch lügen Statistiken nicht.

Wenn ich solche Statistiken lese, die mich daran mahnen, wie viele Minuten, Stunden und Tage meines Lebens mit Unproduktivität oder Nebensächlichkeiten verbracht werden, denke ich, dass meine eigene Zeit noch zu optimieren und zu straffen wäre. Ich nehme mir deshalb vor, schon im Voraus zu wissen, wie ich meine Minuten füllen werde. Es wird ja wohl nicht so schwer sein, das Zukünftige mit in die Planung hineinzunehmen. Und sollte, trotz aller Voraussicht, Unvorhergesehenes auftreten wollen, überlege ich mir, ob ich solche «Ausrutscher» überhaupt anstreben will. Den Zufall wegplanen, indem ihm innerhalb des Gesamtkonzepts kein Raum zur Entfaltung mehr gelassen wird! Und wenn ich mir doch einmal mit einem Messer in den Finger schneiden sollte, so liegt es an mir selbst und meiner Nachlässigkeit. Dann hätte ich vermutlich das Streben nach Zeitoptimierung kurz aus den Augen verloren.

Dieses Fokussieren auf sinnvoll genutzte Lebenszeit könnte zwar ziemlich anstrengend werden. Aber ich würde eventuell von der Hoffnung beseelt, mit den mir geschenkten Minuten sorgsam umgegangen zu sein. Weil man weiss ja nie: Plötzlich ist es vorbei, und die Nachwelt erinnerte dann von mir, dass ich einen entscheidenden Teil meiner Lebenszeit mit Schlüsselsuchen verbracht hätte.

Da fällt mein Blick auf den Hund, wie er daliegt, total tiefenentspannt pennt und dabei selig vor sich hin röchelt. Mit einem einlenkenden Seufzen denke ich: «Oder ich bleibe eine unbestimmte Zeit einfach hier sitzen.»

Kapitel 2: Essen

Unruhe herrscht. Angespanntes Beobachten. Werben. Locken. Immer neues Anbieten. Der Hund frisst nicht. Und dies schon seit Stunden! Manchmal denke ich, er bitte mich um Futter. Doch wenn ich es ihm auf einem Teller serviere, wird es von allen Seiten beschnuppert, jedoch nicht weiter beachtet. Die knopfförmigen Hundeaugen scheinen mich anzustarren und zu sagen: «Wie bitte? *Dasch* willscht du mir anbieten?» Ich beginne, den Bauch vorsichtig abzutasten. Ob ihm etwas wehtut? Hat er Magenschmerzen? Eine Darmverstimmung? Ist er krank? Trotz eines bald folgenden, ausgiebigen Spaziergangs das gleiche Bild: Das Futter wird beschnuppert, jedoch ignoriert. Meine innere Unruhe wächst. Mir kommen Sätze in den Kopf, wie zum Beispiel: «Die Gesundheit eines Tieres zeigt sich an seinem Appetit.»

Bei uns Menschen ist das Essen immer wieder Thema – auf sehr unterschiedliche Art und Weise. Obwohl ich Essen mit Genuss und Lebensfreude verbinde, gibt es im Lauf der Jahre unterschiedlichste Erfahrungen. Ich meine, als

Kleinkind war die Welt in Ordnung. Ich «baggerte» mein Essen aus dem Plastikteller zuerst in meine Haare, dann in mein ganzes Gesicht und irgendwann auch in den Mund. Das Auge isst mit? Völlig egal!

Es wurde haargenau darauf geachtet, dass ich an Gewicht zulegte. Mein erster grosser Dämpfer an der Essensfreude passierte, als ich eine Tabelle mit gefühlt hundert verschiedenen «E» an einer Schranktür entdeckte. Viele dieser «E» sollten laut der Tabelle krebserregend sein. Obwohl ich nicht gewillt war, bei jedem Bissen, den ich zum Mund führte, über die womöglich schädlichen Inhaltsstoffe nachzudenken, so hatte ich doch meine Unschuld bezüglich des Essens eingebüsst.

In der Folgezeit fielen mir bei Besuchen markante Sätze im Verlauf von Mahlzeiten auf. Bei einem Ehepaar wurde mir beispielsweise vom Hausherrn mitgeteilt: «Gewöhnlich nehme ich nur einmal.» Dieser Satz wurde mit einem gewissen Stolz vorgetragen zum Zeigen, wie diszipliniert man bei der verzehrten Menge war. Ein anderes Mal hörte ich: «Ich esse pro Tag höchstens zwei Häuschen Schokolade.» Mein

Gesichtsausdruck musste daraufhin äusserst bewundernd gewesen sein, denn ein zufriedenes Lächeln stellte sich, aufgrund meiner Reaktion, beim Gegenüber ein.

Ich musste feststellen, dass das Thema «Essen» weit mehr war als Genuss und Lebensfreude. Da zeigten durchtrainierte Sixpack-Muskelmänner im Fernsehen ihre gestählten Körper, die sich an bestimmte Essensregeln hielten, Firmen warben für ihre Produkte, die nicht nur schlank, sondern auch schön und beliebt machten und Zeitschriften und wissend dreinschauende Menschen schrieben und sprachen über Idealgewicht und Bodymassindex. Früher, so hiess es, mussten die Männer ihr Essen jagen, waren deswegen gezwungen, ständig in Bewegung zu bleiben, währenddem wir uns heute zu wenig bewegen aufgrund unserer Arbeitssituation, unserer Bequemlichkeit und unserer Lebensgewohnheiten, uns dabei von der Natur entfremden — auch deshalb, weil wir Nahrungsmittel zu uns nehmen, die nicht mehr einem Fisch gleichen, sondern einem Stäbchen, das bei weitem nicht nur Fisch enthält. Wobei, so wurde mir diesbezüglich mitgeteilt, sei der Fisch in Stäbchenform – im Vergleich zu was auch immer – nicht das Schlechteste.

Einmal wurde verkündet, mit einem bestimmten Nahrungsmittel grübe ich mir mein eigenes Grab, ein anderes Mal wurde berichtet, ich solle möglichst viel von genau demselben Zeug essen, denn man habe herausgefunden, es habe einen positiven Effekt und Einfluss auf bestimmte Regionen und Abläufe meines Körpers, und der darin enthaltene Inhaltsstoff XY sei sogar gesund.

Da meine Verwirrung bezüglich des Essens zunahm, wurde mir geraten, einen Kurs zum Thema «Ernährungsberatung» aufzusuchen. Dort würde mir von fachlicher Seite erklärt, wo die Grenze liege zwischen der Nahrung, die meinem Körper guttut, und der anderen. Wobei, so dachte ich bei mir, können die Grenzen zwischen «Juhui» und «Bäh» fliessend sein und sich auch verschieben. Um mir dies zu bestätigen, schlug ich meinen alten Schulatlas auf. Verschiedene Landesgrenzen hatten sich im Lauf der Zeit verschoben oder ganz aufgelöst. Ich staunte über einige Landesnamen, die es schon lange nicht mehr gibt. Beim Essen habe es natürlich oft auch mit der Menge zu tun, aber es gebe gewisse Nahrungsmittel, da spiele die Menge nur eine untergeordnete Rolle. Für mich hiess das, dass man von gewissen Dingen fast nichts und von anderem Unmengen zu sich nehmen soll.

Ich landete allerdings in einem Kurs, in dem es darum ging, welche Steinsorte welchem Wasser beigemengt werden müsse, damit die eigene Psyche/Seele/Gemüt gestärkt werde. Natürlich probierte ich davon, von einer zweifelnden Neugier getrieben, schmeckte jedoch keinen Unterschied zwischen einem Wasser mit weissen Steinen und einem Wasser mit schwarzen Steinen darin. Nur waren im Wasser mit den weissen Steinen kleine Abriebe vorhanden, die ich artig mittrank. Denn mir hatte kürzlich eine Mutter erklärt, sie lasse ihr Kind beim Spielen bewusst Sand essen, das stärke die Abwehrkräfte. Warum also nicht auch der Abrieb der weissen Steine?

Problematisch war für mich, dass bei der Auswertung des Kurses die Meinung bestand, bezüglich des Stein-Themas würde es sich um eine «Glaubensfrage» handeln. Ich verstand nicht ganz, ob und warum ich an schwarze oder weisse Steine «glauben» sollte. Für mich bedeutet «glauben» «etwas oder jemandem vertrauen», «sich auf jemanden oder etwas verlassen», was mit einer verlässlichen Beziehung zu tun hat. Und zu Steinen eine tragfähige Beziehung aufbauen… Ich weiss ja nicht.

Wenn ich heute durch meinen Supermarkt des Vertrauens schlendere, komme ich aus dem Staunen nicht mehr heraus. Ich ziehe ein neuartiges Trendgetränk oder eine Packung Knuspermüesli aus dem Regal, und schon wird mir die Gewissheit vermittelt, nichts anderes mehr einkaufen zu müssen. Auf dem Etikett ist eine stattliche Anzahl an Vitaminen und Mineralien aufgelistet. Wenn ich davon esse oder trinke, so werde ich von der Gesundheit geradezu geküsst. Sie kann mich sozusagen nie mehr einfach so ignorieren. So stelle ich es mir jedenfalls vor. Ich werde so viele Abwehrkräfte in mir aufbauen können, dass ich an einem Ort, der von Bakterien und Viren stark frequentiert wird, anschliessend weiter unbeschadet durchs Leben laufen werde. Ein wenig ehrfürchtig lege ich die beiden Artikel auf das Laufband an der Kasse. Den Spruch «So etwas passiert nur im Märchen» vergesse ich ab jetzt sofort. Man muss gar nicht so weit suchen. Die «Meerjungfrau» begegnet einem heutzutage im Supermarkt, und das Wunder hält Einzug in der Gestalt eines Plastikfläschchens oder einer Müesli-Packung.

Zu Hause angekommen, nehme ich das Trendgetränk zu mir und überlege, was in meinem Körper dadurch für Jubelfanfaren ausgestossen werden. Meine Hochstimmung wird jedoch gedämpft, als ich feststellen muss, dass der Hund noch immer nicht fressen will.

Vielleicht liegt es an meinen neu geschärften Sinnen, denn ich entdecke verdächtige Spuren von verdrückten Hunde-Leckerlis. Der kleine Schelm! Ich grinse. Eigenartigerweise bekomme ich, trotz eingenommener Vitaminfanfare, Hunger und beginne deswegen zu überlegen, wo ich meinen Notvorrat Chips gebunkert habe. Aber trotz des ehrfürchtigen Verzehrs des märchenhaften Getränks... Es will mir nicht mehr einfallen.

Kapitel 3: Stille und Begeisterung

Wenn ich es mir recht überlege, lässt sich der Hund schnell für etwas begeistern. Und zwar immer wieder für dasselbe. Kündigt sich ein Spaziergang an, ist er komplett aus dem Häuschen, rennt zwischen mir und weiteren Mitgängern hin und her, hechtet akrobatisch nach der Leine, um zu zeigen, dass man diese bitte nicht vergessen solle, zeigt kleine Kunststücke und Tänzchen – alles Erlernte quer durcheinander. Er ist ausser Rand und Band wegen einer Tätigkeit, die am Tag mehrmals stattfindet, oft der Weg sogar durch genau die gleichen Strassen, Wege und Gassen führt.

Unser menschlicher Alltag scheint in gewisser Weise so eintönig, dass wir ständig nach einmaligen und noch nie dagewesenen Höhepunkten suchen. Eine Reise muss gleichzeitig ein Erlebnis sein, verbunden mit Abenteuer, mit Nervenkitzel. Langweile? Ungenutzte Zeit? Nein danke. Selbstverständlich gibt es noch Orte und Regionen, die sich dadurch auszeichnen, dass man dort Kraft aus der Stille schöpfen kann. Aber sogar die höchsten Berge scheinen heute so häufig beklettert zu werden, dass solche Orte ihre Magie, ihr Geheimnis verlieren. Und sogar im Weltraum fliegt so viel menschgemachter Abfall herum, dass deswegen das Fliegen als Astronaut schon bald gefährlich sein könnte. Wem gehört eigentlich Weltraumschrott? Wer ist für ihn verantwortlich?

Manchmal ist es wohltuend, wenn die Stille durchbrochen wird. Zum Schmunzeln ist es, wenn Kinder in einer Kirche, die eine magische Anziehungskraft auf Touristen ausübt und in der überall Schilder mit der Aufschrift «silence» stehen, den heiligen Raum als Klangkörper für Echos entdecken, oder wenn jemand in einer peinlichen Stille einen Witz erzählt.

Als ich als Kind herausfinden wollte, wie lange eine Minute dauert, nahm ich mir vor, sechzig Sekunden lang still zu sein und auf eine grosse Wanduhr mit Sekundenzeiger zu blicken. Es war fast nicht zum Aushalten! Die Minute dauerte eine gefühlte Ewigkeit, und ich wunderte mich, wie ein ganzer Tag, trotz seiner grossen Anzahl an Minuten, so schnell vorüber gehen konnte. Ich habe nach der stillen Minute sofort Musik gehört, um die Lautlosigkeit wieder zu füllen.

Mein Lehrer nahm meine damalige Schulklasse eines Morgens in den Wald mit, um dem erwachenden Vogelkonzert zu lauschen. Um 4.30 Uhr war es so weit. Noch im Halbschlaf gefangen, torkelte ich mit der Klasse zusammen in ein Waldstück, kauerte mich auf den feuchten Boden und lauschte in die Finsternis hinein. Der Lehrer befahl uns, bis zum Einsetzen der Vogelstimmen absolut still zu sein. Dies war aber ein Ding der Unmöglichkeit. Schon bald fanden laut geflüsterte Gespräche zwischen uns Kindern statt, die jeweils durch ein gebieterisches «Pssst» des Lehrers unterbrochen wurden, um jedoch bald darauf von vorne zu beginnen. Obwohl wir es nicht zugeben wollten, machte uns die stille Dunkelheit auch Angst, und wir wollten sie mit unseren Gesprächen befreien von unseren Gedanken und Bildern von Geistern, Hexen, Kobolden, Wölfen und Bären mit leuchtenden Augen, die plötzlich aus der Finsternis auftauchen könnten. Mir fiel damals auf, als die Dämmerung langsam heraufzog, wie laut das einsetzende Vogelkonzert tatsächlich war. Der Unterschied zur Stille, trotz der verschiedenen Flüstereien, war beträchtlich.

Es ist eindrücklich, an einem Sonntagmorgen in aller Frühe unterwegs zu sein. Über allem liegt eine grosse Stille. Es wälzen sich keine Autokolonnen mit Pendlern von A nach B. Es sind keine Kinder unterwegs zur Schule. Fast niemand ist auf Achse, um ein Ziel zu verfolgen oder einen Zweck zu erfüllen. Alles rastet und ruht in der Stille. Die eigenen Schritte sind zu hören, das eigene Atemgeräusch. Ich stelle mir vor, wie die Welt in diesen Stunden neu aufblüht und auflebt.

Wobei ich mich vermehrt zwingen muss, während dieser Zeit nicht auf das Natel zu schauen, Nachrichten abzurufen – immer online, immer vernetzt. Mich beschleicht ein Gefühl, etwas verpassen zu können.

Hunde sind das übrigens auch – so mein Eindruck – oft online und vernetzt. Denn auf Spaziergängen ist ein wichtiger Bestandteil die Kommunikation: das Begrüssen von Hunden, Austauschen von Informationen, Duftmarken erschnüffeln, Gerüche analysieren und studieren. Ich stelle mir vor, wie der Hund unsere Welt nicht nur in unterschiedlichsten Schattierungen riecht, sondern auch gleichzeitig unsere laute Welt intensiver hört als ich, unter anderem meinen Herzschlag. Mit der Nase und den Ohren immer mit der Um- und Mitwelt verbunden... Es sieht so aus, als erlerne er ständig neue Gerüche und Geräusche und wisse auch, woher andere Hunde kommen und wohin sie gehen.

Um solche Informationen zu sammeln, müssen wir Menschen uns untereinander verbinden lassen, mit sozialen Netzwerken innerhalb des weltweiten Netzes. Ob wir dadurch unsere soziale Kompetenz im Umgang mit unseren Mitmenschen erweitern, bleibe dahingestellt. Dennoch ist es ein Geschenk, mit anderen Menschen, auch über grössere Distanzen, verbunden zu bleiben.

Manchmal versuche ich, eine ähnliche Freude wie der Hund zu empfinden bei alltäglichen, wiederkehrenden Dingen. Dabei muss ich mir eingestehen, dass ich ihm damit nicht gerecht werde. Dieselbe Freude bringt er auch zum

Ausdruck, wenn es in die Ferien geht und eine lange Autofahrt bevorsteht.

Reklamationen und Unzufriedenheiten von seiner Seite her werden nur dann geäussert, wenn ihm jemand versehentlich auf den «Fuss» tritt. Aber dies ist ja bei uns nicht anders, wenn uns jemand auf dem falschen Fuss erwischt. Dies kann zu Irritationen, verbalen Attacken oder einer bleiernen Stille führen, in der keine Worte mehr gefunden werden.

Dass der Hund einmal einfach keine Lust hat mitzukommen, oder die Autofahrt zu lang ist, scheint unmöglich. Welches Abenteuer es auch sei, es wird unter die Pfoten genommen. Welcher Duft oder welches Geräusch auch immer, es wird analysiert und studiert. Dabei kann er eine Ausdauer entwickeln, einen Entdeckergeist, eine Abenteuerlust, dass es eine Freude ist. Auch Schiffsfahrten oder das Übernachten in einem Zelt werden freudig und mit Zuversicht in Angriff genommen. Diese Freude, diese Lust am Abenteuer muss nicht von aussen an ihn herangetragen werden, er findet es selbst. Er braucht keine abendlichen

Belustigungsprogramme oder Animationen, er kann sich selbst für Dinge begeistern, die ihm am Herzen liegen.

Gut, manchmal ist auch er erschöpft oder zeigt etwas Ungeduld, wenn an einem Ort auf etwas gewartet werden muss.

Aber insgesamt ist der Hund erstaunlich ausgeglichen bei allen Dingen, die er tut – nicht so schnell aus der Balance zu bringen. Irgendwann geht er schliesslich zufrieden «offline», wenn er genug kommuniziert und entdeckt hat. Warum auch «online» bleiben, wenn er sein «Rudel» in seiner Nähe weiss und es um ihn herum mehr oder weniger still ist?

Ob er nun «online» ist oder nicht, zu Leide tut der Hund niemandem etwas – leider im Gegensatz zum Menschen.

Kapitel 4: Strategien

Zwei Situationen:

Ich spiele draussen mit dem Hund, werfe sein Spielzeug, und er bringt es begeistert zu mir zurück – immer wieder. Es ist, als habe er in seinem Leben nie etwas anderes gemacht. Er freut sich, wenn ich ihn für seine Spielfreude lobe. Aber manchmal gibt es Tage – ich weiss auch nicht, was dann los ist – da läuft das Spiel ganz anders ab. Da spiele nicht ich mit ihm, sondern er mit mir. Ich werfe. Er rennt, nimmt das Spielzeug elegant aus der Luft, kommt aber nicht zu mir, sondern fängt an zu schnuppern, trottet mal hierhin, mal dorthin, scheint mich, der ich auf ihn warte, komplett vergessen zu haben.

Ich schüttle leicht genervt den Kopf, denn der Hund zeigt mir, wie wichtig ihm gerade alles andere ist. Er hebt das Bein, schnuppert weiter, sieht sich jedes Blümchen und jeden Grashalm einzeln an, bis er schliesslich beschliesst, im Schneckentempo näher zu kommen, nicht ohne sich noch etwa dreimal auffordern zu lassen, das Spielzeug zu bringen. Wie selbstverständlich legt er noch einen Zwischenstopp ein und besieht sich in aller Seelenruhe ausgiebig und ausdauernd eine Schnecke, die gerade über ein Blatt kriecht. Naturgemäss kann eine solche Betrachtung dauern.

Beim nächsten Wurf etwas Neues: Der Hund scheint seine Begeisterung für das Spiel wiedergefunden zu haben, kommt mit hoher Geschwindigkeit auf mich zu, schlägt dann aber hüpfend einen Bogen um mich herum, um sich in einiger Entfernung auf den Boden zu legen. Dort beginnt er, auf dem Spielzeug herum zu kauen. So so! Die nächste Art und Weise, mich zu ignorieren… Ich zeige ihm, dass ich so nicht mitspiele und laufe davon, woraufhin er mir leicht beleidigt nachschaut.

Ein anderes Mal fordere ich ihn auf, er solle mir folgen und das Zimmer, in dem er gerade in seinem Körbchen liegt, verlassen. Er schaut mich an mit grossen Augen, bequemt sich aber nicht, sich auch nur einen Zentimeter zu bewegen. «Was hascht du gesagt?», scheint er mich zu fragen. «Meine Ohren schind schon schehr alt, isch verstehe disch nur schlecht.» Ich fordere ihn nochmals auf, vergeblich.

Das Erstaunliche daran ist, dass er zu wissen scheint, dass meine Aufforderung nichts mit einem direkten Nutzen zu tun hat. Es wird kein Spaziergang, kein Spiel und keine Mahlzeit folgen. In solchen Situationen kann der Hund auf «Durchzug» stellen, als sei er in diesem Moment auf gar keinen Fall in der Lage, seinen Korb zu verlassen. «My home is my castle!» Punkt!

Aus diesen Beobachtungen heraus würde ich sagen, in gewisser Weise fehlt dem Hund in solchen Momenten die Motivation. Nicht motiviert sein – und dies offen zeigen – das kann sich nicht jeder erlauben. Ich stelle mir – zugegeben ein extremer Fall – einen Motivationstrainer vor, der aber selber nicht motiviert ist, weil er gerade in einer Sinnkrise steckt oder weil er kürzlich eine liebe Person loslassen musste. Darf der Motivationstrainer in einer solchen Situation – vor einer Gruppe, die er motivieren soll – traurig, bedrückt oder kraftlos wirken? Oder muss er sich verstellen? Sich voll hineingeben und Vollgas geben? Klar, er hätte auch zu Hause bleiben können. Aber wer motiviert denn die Menschen, die bei ihm Hilfe und Halt suchen?

Oder anders gefragt: Wird von uns immer und überall erwartet, dass wir motiviert sind? Man fragt uns: «Wie geht es Ihnen?» Und selbstverständlich sollte die Antwort lauten: «Gut.» Oder wenigstens: «Es muss». Offen auf solche ritualisierten Fragen zu antworten, irritiert. Es entspricht nicht der Norm, in solchen Momenten zu zeigen, was «dahinter» ist. Ich habe einmal erlebt, dass eine alte Frau in einem Restaurant von jemandem nach ihrem Befinden gefragt wurde. Die alte Frau fing an zu erzählen. Das Gegenüber versuchte daraufhin, sich in allgemeine Floskeln zu flüchten: «Wissen Sie, wir haben alle unser Bündel zu tragen.» Oder: «Im Alter kommt halt so manches». Irgendwann brach das Gespräch ab. Man wünschte einander einen «schönen Tag». Und gut war's.

Wir sind schliesslich keine Roboter. Immer nur Funktionieren? Wer kann das schon? Wobei anscheinend die Roboter am Aufholen sein sollen. Sie werden immer menschenähnlicher, immer funktionstüchtiger. Dementsprechend spiegelt sich dies in Filmen wider, die in einer Zukunft spielen, in der entweder Roboter die Herrschaft über die Welt übernehmen oder Maschinen in vielerlei Hinsicht perfekt funktionieren können, und dann fehlt ihnen doch etwas: Gefühle. Und da frage ich mich schon: Wird ein Roboter je lieben können? Wird er Mitleid empfinden? Wird er Vertrauen entwickeln oder Hoffnung in scheinbar aussichtslosen Situationen? Und: Wo kommt denn ein Roboter an seine Grenzen, wenn er eine perfekt funktionierende Maschine ist? Wird sie kommen, die «schöne, neue Welt», in der Menschen so lange optimiert, standardisiert und kategorisiert werden, bis für Sehnsüchte, Träume und Visionen – für Liebe – kein Platz mehr ist? Eine Welt voller Menschen-Roboter und Roboter-Menschen? Na dann: Prost!

Können Roboter akzeptieren, dass es etwas Grösseres, Höheres über ihnen gibt? Wenn nicht, wohin wird eine daraus entstehende, mögliche Hybris führen? Die eigenen Grenzen kennen –

wird dies eines Tages keine positive Charaktereigenschaft mehr sein?

Je mehr ich mich mit einer Sache beschäftige, merke ich, wie wenig ich darüber weiss. «Ich weiss, dass ich nichts weiss.» Für mich ein sehr wichtiger, philosophischer Satz. Ich kann beispielsweise weder Fallschirmspringen noch ein Flugzeug fliegen. Aber auch dort, wo ich mich meine, mich auszukennen, tun sich Lücken auf, je mehr ich mich in die Materie vertiefe. Dies betrifft neben Wissensfragen auch und in besonderer Weise Sinn- und Lebensfragen. Ich versuche, mich zu trösten, indem ich mir sage, dass man zum Glück nie auslernt.

Wenn ich dem Hund zuschaue, wie er das gemeinsame Spiel verweigert oder nicht gewillt ist, aus dem Korb aufzustehen, stelle ich mir vor, wie es wohl wäre, mit einem Roboter-Hund zu spielen. Er würde mir den Ball immer zurückbringen, ihn mir millimetergenau auf die Hand legen und dabei nie müde werden. Erst wenn ich ihm sagen würde, er solle aufhören, würde er es tun. Der Roboter-Hund würde mir auf mein Kommando natürlich sofort, aus dem Korb schnellend, folgen.

Damit hätte ich zwar etwas um mich, das immer «funktioniert», jedoch keine eigene, manchmal etwas störrisch-liebenswerte Persönlichkeit hat; einen individuellen Charakter.

Eine Sache wird ein Roboter-Hund niemals können: mich gernhaben und mich trösten, wenn ich einmal nicht so funktioniere wie sonst.

Kapitel 5: Begegnungen

Grosse Hunde: nicht existent. Kleine Hunde: was für ein Glück, einen von ihnen zu treffen! Es ist zum Schmunzeln, wie der Hund anderen Hunden begegnet. Sieht er einen grossen Hund, läuft er, den Kopf leicht gesenkt – die Nase bodennah, die Augen stur nach vorne gerichtet – in gemächlichem Tempo vorüber, ohne den anderen weiter zu beachten. In seltenen Fällen ein flüchtiger Blick aus den Augenwinkeln, und das war's. Umso intensiver werden die Spuren ins Auge gefasst, die der grosse Hund auf seinem Weg hinterlassen hat.

Trifft er jedoch einen kleineren Hund, plus/minus Augenhöhe, so ist die Freude gross. Da wird begrüsst, um den anderen herumgetänzelt, zum Spielen aufgefordert. Weiter spazieren? Kein Gedanke! Der andere Hund ist jetzt alles, was zählt.

Was steckt hier für eine Strategie dahinter: grosse Hunde «links» liegen lassen, kleinere Hunde ohne Umschweife zu Spielkameraden erklären?

Vergleichbar ist die Begrüssungsstrategie des Hundes vielleicht am ehesten noch damit, dass wir in einem kleinen Dorf jeden anderen Menschen zu grüssen pflegen, in einer Stadt hingegen praktisch gar keinen. Es hat nichts mit einer Wertung zu tun, sondern mit einem Brauch, einer Gewohnheit, einer allgemein gültigen Verhaltensweise.

Ich stelle mir vor, wenn wir bestimmte Menschen aus einer Wertigkeit heraus ignorieren würden, anderen aber mit Freude begegneten. Ein solches menschliches Verhalten wäre höchst problematisch. Was wäre, wenn ich in einem Land leben würde, wo es verboten wäre, in der Öffentlichkeit bestimmten Menschen zu begegnen? Oder umgekehrt: Ein Land, wo es verboten wäre, dass Menschen mich auf der Strasse grüssen? Ich finde es erniedrigend, wenn jemand einen anderen aus einer Macht-Position heraus mit Nicht-Beachtung «straft»; mit einer Mauer aus Schweigen.

Apropos «verboten»: Man muss gar nicht so weit suchen, und schon stolpert man über eine Vielzahl an Verboten. Beispielsweise: «Fahrräder abstellen verboten», «Rauchen verboten», «Füttern von Wasservögeln aller Art verboten», «lärmende Kinder verboten», «Hunde müssen draussen bleiben», «Eis/Glace essen verboten», «Fotografieren verboten» oder «Türe schliessen verboten». In naher Zukunft, so stelle ich mir vor, wird in Wohnquartieren ein Schild stehen: «Im Winter im T-Shirt das Haus verlassen, verboten» oder, wenn es regnet, wäre ein Schild auf Parkplätzen angebracht: «Aussteigen ohne Regenschirm verboten. Die Missachtung führt zu einer Busse.».

Einige Worte, die früher erlaubt waren, sind jetzt tabu. Dementsprechend wurden Kinderbuchklassiker durchforstet und alle Ausdrücke, die heute beispielsweise als diskriminierend gelten, wurden durch andere, verträglichere ersetzt. In der öffentlichen Diskussion ist man unterschiedlicher Meinung: Die einen sagen, ein Kinderbuchklassiker bleibt ein Kinderbuchklassiker mit allem, was zu ihm gehört, die anderen, dass der Wortschatz der Zeit angepasst werden soll.

Es gibt allerdings Situationen, bei denen ich stutze, wenn ich zum Beispiel höre, dass Lucky Luke, ein Held meiner Kindheit, mit dem Rauchen aufhören musste, weil er seiner Vorbildfunktion sonst nicht gerecht wird, oder der lebenslustige Pumuckl in neueren Verfilmungen plötzlich gertenschlank auftreten muss. Ich kann mir den kleinen Klabautermann nicht vorstellen ohne sein Bäuchlein, dass bei einigen Bewegungen keck unter seinem etwas zu kurzen Pullover herausblitzt. Pumuckl durchtrainiert und perfekt durchgestylt? Bewahre!

Dennoch ist es unumgänglich, dass bestimmten Verhaltensweisen Grenzen gesetzt sind, und gewisse Dinge einfach nicht gehen. Wo kämen wir hin, wenn unser Zusammenleben nicht auf gegenseitigem Respekt, Toleranz oder Solidarität aufgebaut wäre? Es hätte schlimme Folgen und wäre nicht tolerierbar, wenn, beispielsweise aufgrund äusserlicher Merkmale, «Abstufungen» zwischen Menschen gemacht würden! Es würde zu Chaos führen, wenn die Autobahn in Stresssituationen als «Blitzableiter» für aufsteigende Aggressionen genutzt wird.

Manchmal beschleicht mich das Gefühl, dass ich mich als Normalbürger durch einen mehr oder weniger grossen Dschungel von Regeln, Vorschriften und Gesetzen durchkämpfen muss. Die Folge ist, dass ich schnell einmal den Überblick verlieren kann, weil das, was heute noch eine Orientierungshilfe war, möglicherweise morgen schon nicht mehr gilt. Spezialisten müssen mir – zu unterschiedlichsten Fragestellungen und Problemfeldern – die «Welt» erklären. In der Regel verlasse ich mich auf sie, bin aber doch manchmal erstaunt, was für eine Vielzahl an zum Teil fragwürdigen Welterklärern das alltägliche Wirrwarr hervorbringen kann.

Ich beobachte, wie vermehrt grundlegende Fragen gestellt werden: Was ist der Mensch? Was macht uns aus? Woran orientieren wir uns? Was gibt uns Halt? Worauf verlassen wir uns? Was stärkt unser «Ich» und unsere Gemeinschaft, unser Zusammenleben? Was ist es, dass die Welt im innersten zusammenhält?

Da ist es für mich bewundernswert, wie der Hund in der Interaktion mit anderen Hunden sich eine praktikable Regel zurechtgelegt hat, die ihm offenbar in seiner «Welt» Sicherheit gibt.

Und wenn er wieder zu Hause ist und sich an mich kuschelt, ist ganz klar: Geborgenheit ist durch nichts zu ersetzen!

Kapitel 6: Zuhören

Der Hund ist ein ausgezeichneter Zuhörer. Es erstaunt mich, wie lange er zuzuhören scheint, wenn man ihm etwas erzählt. Gut, vielleicht ist dies eine falsche Wahrnehmung. Man kann sich schliesslich täuschen. Möglicherweise schaut er mich auch verwundert an und sagt sich: «Isch schaue mal zu ihm hin, aber es interessiert misch schon lange nischt mehr, was der sagt. Trotzdem setze isch misch ganz herzig hin – volle Charmeoffensive – dasch kann nie schaden. Vielleischt gibt es irgendwann ein Leckerli.» Kann sein. Dennoch meine ich zu beobachten, dass er immer mehr Zusammenhänge versteht, je mehr ich mit ihm rede. Bei gewissen Stichworten weiss er sofort, was Sache ist, und er reagiert dementsprechend.

Ob der Hund nun wirklich oder nur scheinbar zuhört... Sicher ist, dass es bei uns Menschen Situationen gibt, in denen man nur mit halbem Ohr bei der Sache ist. Situationen, wo man auf ein Geschehen fokussiert ist, und gleichzeitig findet noch ein Gespräch «nebenher» statt. Manchmal heisst es nicht umsonst: Zum einen Ohr hinein, zum anderen wieder hinaus. Dieser Spruch bedeutet, dass das Gehirn in einem bestimmten Moment beschliesst, das Gehörte nicht aktiv zu speichern. Schliesslich ist es ja eine seiner Aufgaben zu entscheiden, was memoriert wird und was nicht; quasi das «Wichtige» aus dem «Unwichtigen» herauszufiltern. Nicht jedes Gespräch muss schliesslich zu einem Wissenszuwachs führen. Es kann auch zwanglos und entspannt stattfinden. Nicht alles abspeichern, bedeutet für mich jedoch nicht, unaufmerksam zu sein oder gar desinteressiert. Vielmehr benötigt das Gehirn Entlastungen. Wir lernen zwar nie aus, jedoch mit Unterbrüchen und Pausen. In diesem Sinn habe ich einmal gelesen, eine der Hauptleistungen des Gehirns sei es, «vergessen» zu können.

Ich empfinde es als einen Balanceakt, das richtige Mass zu finden zwischen Reden und Zuhören. Hört man in einem Gespräch gut zu, so wird man als eher still eingeschätzt; als einer, der sich raushält; als einer sogar, der durch sein stilles Dabeisein eine Machtposition ausübt. Redet man zu viel, besteht die Gefahr, dass andere zu wenig zu Wort kommen. Gleichzeitig würde aber das Gespräch langsam verebben, wenn niemand die Initiative ergriffe. Dazu ist es bereichernd und anregend, vielleicht sogar einmal mit einem Schlüsselerlebnis verbunden, wenn man hört, wie andere zu einem Thema denken und sprechen.

Worte können verschiedene Arten von Gefühlen wecken, positive oder negative. Sie vermögen Menschen «klein» zu machen und können sogar zu dauerhaften, seelischen Schäden führen. Sie können aber ebenso Menschen ins Leben zurückführen, uns wachrütteln, bestärken, aufmuntern, Vertrauen oder Hoffnung in uns wecken. Sie können Zuneigung, Wertschätzung oder Dankbarkeit ausdrücken. Worte vermögen zu verzeihen oder Gemeinschaft zu stiften.

Zu einer Kunst wird das Zuhören, wenn Zwischentöne bemerkt werden, wenn Unausgesprochenes zwischen den Zeilen, Nichtgesagtes herausgehört wird.

So gesehen, ist der Hund ein Meister der Zwischentöne, der Tonlagen. Ein geflüstertes

Wort genügt zur Beziehungspflege. Ein Satz, von dem er vielleicht nicht viel versteht, ist durch die Art der Stimmlage sein «Schlüssel» zur momentanen Gemütslage des Menschen. Darum werde ich weiter mit ihm reden, um ihm zu zeigen, dass er mir guttut.

Und übrigens höre auch ich ihm gerne zu.

Kapitel 7: fiktives Gespräch des Hundes auf dem Spaziergang mit sich selbst

«Es ist die Leine! Ist es die Leine? Ja, ja, ja! ER hat sie in der Hand. Jetzt hüpfen, knurren und schnell hinsetzen, wieder hüpfen, dazu ein leichtes Knurren. Ein Klick. ER hat es geschafft. War auch leicht heute. Ich habe mich nur minimal gefreut.

Immer dieser rutschige Boden. Anlauf nehmen. Moment noch! Ich muss meinen «Stabilisator» ausfahren… Ui, ein wenig ausgerutscht. Aber zum Glück habe ich vier davon. ER nicht. Wenn DER mal ausrutscht... Das kann böse ins Auge gehen.

Die kleine Treppe runter bis zur Ecke. Was höre ich da? Was höre ich da? War da nicht ein Hund? Ja, aber viel zu weit weg. Hoffentlich läuft ER nicht rechts herum. Bitte nicht rechts! Links steht doch mein Lieblingspinkelbaum. Oh, doch links. Zum Glück. Der Baum kommt näher. Jetzt langsam einspuren, leicht an der Leine ziehen, ein wenig auf die Bremse, aber nicht zu viel.

Zum Glück, ER bleibt stehen. Jetzt hoch das Bein. Ja, das kann ich! Gelernt ist gelernt. Pflicht erfüllt. Jetzt scharren, Blätter aufwirbeln. DU, schau mal, meine Pfoten, wie die durch die Erde wirbeln. Toll, was? Noch ein bisschen. Ui, ER schaut mich so komisch an. Ob das Aufgescharrte bis zu IHM geflogen ist?

Weiter. Geradeaus. Die Nase nicht zu hoch. Aber auch nicht zu tief. So! Die ideale Kopfhöhe ist gefunden, um eine möglichst grosse Duftmenge in mich aufzusaugen. Irgendwo muss ein Neuer seine Runde gedreht haben. Dem Duft nach ein wenig streitlustig. Und die Dalmatinerdame von da vorne scheint älter zu werden. Wo ist denn der kleine Freund, den ich hier immer treffe? Vielleicht mit seinem Rudel in den Urlaub gefahren.

Jetzt regnet es. Und wie! Einmal schütteln. Noch einmal. Bis zur Schwanzspitze. Ganz wichtig! Regen verwischt die Spuren, sagt man bei uns. Stimmt leider auch. Die Sicht wird schlechter. Dieser Wind! Was ist denn das da vorne? Kenne ich noch nicht. Muss neu hier sein. Hat eine Art Rüssel. Ein, ähm, E-le-fant. Ne, so heisst das nicht. Ein Hy-drant. Genau! Ein Hydrant. Keine Ahnung, wofür das gut sein soll. Aber ich werde der erste sein. Schnell! Muss ER jetzt gerade stehen bleiben und auf das komische leuchtende Ding schauen? Immerhin, ER lächelt.

Jetzt aber nichts wie hin. Sehr gut. Fast besser als ein Pinkelbaum, dieser Hy-drant.

So, ich muss gross. Hier ist genau richtig. Mal sehen, ob er die Knistertüten dabeihat. Damit wickelt er es ein und wirft es dann weg. Auch komisch, warum ER das macht. Wäre eine sehr gute Info-Quelle für andere Hunde. Na ja. Menschen halt.

Jetzt habe ich Hunger. Schnupper. Schnupper. Da muss ich hin. Riecht so gut! Moment, dieser Regen. Schüttel. Und noch einmal, bis zur Schwanzspitze, das ist wichtig. Meine Frisur ist dahin. Was soll's?

Das duftende «Dingsbums» auf dem Weg! Schlabber. Schmatz. Aber ich darf natürlich nicht fressen. ER hat schon wieder diesen Tonfall. Da gibt es für mich keine Chance. Bin schon etwas beleidigt. Hatte doch Hunger. Kann DER auch was anderes sagen? Immer nur nein, nein, nein. Könnte sich ja auch mal freuen, dass ich auf Spaziergängen praktisch Selbstversorger sein könnte. Finde fast immer einen Imbiss. Aber ER lobt mich, wenn ich nichts vom Boden nehme. Menschen halt.

So, er geht zum Fluss mit mir runter. Denkt wohl, ich habe Durst. Bei dem Regen? Nie im Leben! Und Nase hoch! Ganz hoch! Abdrehen! Weg vom Wasser. Ich muss es IHM ganz deutlich zeigen. Sonst versteht ER es nicht.

«GIB PFOTE». Hat ER das gesagt? Jetzt gerade? Warum das denn? Der Boden ist doch nass. Vom Regen. Da setze ich mich nicht hin und gebe Pfote. Niemals. Nein und nein! Das Wort kennt ER doch so gut. Aber ER besteht drauf. Typisch! Dann bleibe ich halt stehen und mache es. Gibt ER mir ein Leckerli? Ja, tut er. Dann will ich nochmal Pfote geben. Biiiittee! Oder irgendwas anderes? Schau mal. Schau. Ich drehe mich im Kreis, gebe Laut, tanze, alles nacheinander und durcheinander. Da habe ich doch noch eins verdient? Leckerli? Bitte!

Achtung, da kommt einer. Ein Hund, ja. Ui, der hinkt. Aber ich kann ihn ja trotzdem mal zum Spielen auffordern. Sieht mich aber nicht mal an.

Ooh nein. Und hoch das Bein. Mache ich immer, wenn andere Hunde in der Nähe sind. Revier ist schliesslich Revier.

O, o, es geht wohl nach Hause zurück. Wir sind schon fast da. Noch einmal am Pinkelbaum schnuppern, rings herum hören, dann die Treppe hoch, und: schütteln, und noch einmal, ausgiebig, bis zur Schwanzspitze. Alles nass geschüttelt. Trotzdem toll, oder? Gelernt ist schliesslich gelernt.»

Kapitel 8: Schütteln

Der Hund schüttelt sich nicht nur, wenn er nass ist. Sondern auch, wenn er versehentlich gestossen wurde, oder sonst ein kleines Missgeschick an ihm geschehen ist. Dann wird einmal kurz geschüttelt, und gut ist es wieder.

Dieses Abschütteln hat sein Gutes. Denn wenn wir Menschen Vergangenes kurzerhand abschütteln könnten, Zurückliegendes hinter uns lassen und vorwärtsschauen – neugierig, was da wohl noch kommen wird – so wäre wohl vieles einfacher. Aber oft hängen sich Erlebtes, Erlittenes und negativ Erfahrenes wie grössere oder kleinere Steine an unsere Seele, und – je nachdem, in was für Situationen wir kommen – wird das Erlebte an die Oberfläche gewirbelt.

Gut, gar nie zurückdenken ist wohl auch nicht die Lösung. Wir sind schliesslich schon in jungen Jahren wir selbst gewesen. Die Vergangenheit gehört zu uns, und wir tragen sie mit uns auf unserem Weg. Jeder Mensch entwickelt wohl im Lauf seines Lebens eigene Strategien, um Erlebtes zu verarbeiten. Die einen machen es mit sich selbst aus, andere teilen sich mit. Die einen finden Erholung und einen klaren Kopf in den Bergen, andere beim Lesen eines spannenden Buches.

Es gibt wohl kein allgemein gültiges Rezept, um das Erlebte «wegzuschütteln» und es in seine Lebensbiographie zu integrieren. Aber es einfach ganz «auszulöschen», als sei dort nie etwas gewesen, wirft wohl ein eher «schräges» Licht auf unsere Persönlichkeit. Würden wir nicht, ohne das Erlebte, an «Tiefe» verlieren, vielleicht sogar einen Teil von uns selbst?

Und dennoch macht es Mut, wenn ich sehe, wie der Hund anschliessend wieder unverzagt sein Leben bestreitet. Es ist ja auch nicht irgendein Schütteln, sondern eines, bei dem von Kopf bis Fuss, von Nase bis Schwanz alles durchgeschüttelt wird.

Manchmal sehe ich vor meinem inneren Auge, wie alles, was den Hund beschwert hat, davonfliegt, wenn er sich schüttelt. Ob er sich dabei entscheidet, sich nicht allzu sehr vom Geschehenen beeindrucken zu lassen? Ob er bewusst die ganze Sache – im positiven Sinn – auf die leichte Schulter nimmt? Anders ist es kaum erklärbar, dass er anschliessend wieder beschwingt und voller Entdeckungslust ins Leben aufbricht.

Ich meine, ich könnte es mit einer Schreitherapie probieren: allen seelischen Ballast ins Kissen hinein… Oder symbolisch die Toilette hinunterspülen. Bei einem Kind habe ich einmal gesehen, wie es in den Wald ging, alles in einen Käfig einsperrte und den Schlüssel wegwarf. Auch nicht schlecht. Vielleicht hilft es auch, einen Text zu schreiben oder ein Bild zu malen.

Wenig ist es ja gerade nicht, was uns im Lauf des Lebens zugemutet wird. Entscheidungen sind zu treffen, die Weichen für die Zukunft stellen. Unter Umständen können sie sich als falsch entpuppen. Wir werden befragt, beurteilt, eingeschätzt, nach unseren Leistungen, unserem Erreichten bewertet. Wir werden verletzt, haben Angst, müssen loslassen. Je nachdem wer uns begegnet, können wir Ablehnung, Enttäuschung oder Machtausübung erfahren. Das kann Wunden oder mindestens Narben hinterlassen.

Klar, solche Erfahrungen können sich als wertvoll herausstellen. Sie haben stärker gemacht, weil sie überstanden wurden. Vielleicht haben sie uns einen neuen Weg aufgezeigt oder uns klargemacht, dass es so nicht weitergehen kann. Altes ist «gestorben», Neues «geworden». Manchmal sagen Leute, es musste so sein – aus der Rückschau. Aber das kann man wohl eher nicht sagen, wenn man in der Situation drin ist.

Wenn ich es mir recht überlege: Der Hund wartet nicht zu lange. Er unternimmt sofort etwas, sozusagen aus dem «Bauch» heraus. Etwas «Blödes» erlebt und sofort schütteln…

Ich werde mir vornehmen, mir etwas zu überlegen, mit dem ich in Zukunft auf Seelenbeschwernisse reagieren könnte und meine Art finde, «es» wegzuschütteln. Ob es funktioniert, ist eine andere Frage. Immerhin möchte ich doch – trotz allem – ich selbst bleiben.

Kapitel 9: SIE

Ein Hund muss sich in ein Rudeln einordnen können, wissen, wo sein Platz ist innerhalb der Gemeinschaft, seiner sozialen Gruppe. Die Strukturen im Gefüge geben ihm Sicherheit, nehmen ihm die Angst, lassen ihn zur Ruhe kommen.

Zu allen Menschen, die ihm begegnen und die nicht im engeren Sinn zum Rudel gehören, ist der Hund lieb. Er lässt sich brav streicheln von Grossen und Kleinen und geniesst es, wenn ihm Beachtung geschenkt wird. In einem Geschenke-Laden entpuppte sich die Verkäuferin als Hundeliebhaberin, ging deshalb hinter den Verkaufstresen und zog lächelnd eine Packung Hunde-Leckerlis hervor. Es ist nicht immer so, dass der Hund solche tierischen Leckereien annimmt, beim Tierarzt zum Beispiel. Die Verkäuferin kniete sich aber vor ihn hin, strahlte ihn an und streckte ihm mit so viel Freundlichkeit das Leckerli entgegen, zerkleinerte es sogar noch, als sie merkte, dass einige Zähne fehlen. Da konnte der Hund nicht ablehnen. Mein Gefühl ist, dass er sofort spürt, ob jemand ihm mit echter

Zuneigung begegnet und ihn nicht bloss als «Anhängsel» seiner Menschen oder aus der Perspektive des Nutzens heraus als praktische «Alarmanlage» betrachtet.

Jedem Menschen gegenüber zeigt der Hund aber auch ohne Leckerli Geduld und Freundlichkeit. Auch wenn jemand auf ihn zu sprintet, sich quasi auf ihn wirft und mit ihm spielerisch rauft – alles wird mit einer gewissen Freude registriert oder mit Geduld ertragen. Einzig mag er es nicht besonders gern, wenn er von hinten gepackt wird. Aber wer mag das schon?

Natürlich schätzt er mich. Ich gehöre zum Rudel. Entsprechend gross ist die Freude, wenn ich nach Hause komme. Punkto Futter bin ich sein Ansprechpartner. Wenn er Hunger hat, baut er sich explizit vor mir auf und gibt mir durch den entsprechenden Blick zu verstehen, dass es jetzt doch langsam Zeit wäre für seine Mahlzeit.

Dies alles wird aber komplett in den Schatten gestellt, wenn SIE in der Nähe ist. Ich muss dazu sagen, dass der Hund bei seiner ersten Begegnung mit uns sich SIE als «number one» ausgesucht hat. Das kleine Fellknäuel sass auf IHREM Arm und war nicht mehr gewillt, diesen zu verlassen.

Ich meine, wenn ich mit dem Hund draussen warte, vor einem Laden, in dem es dem Hund nicht erlaubt ist, einzutreten (was ich oft nicht verstehe), und SIE kommt nach einigen Minuten zurück... Es ist, als ob SIE von einer mehrjährigen Reise heimkehren würde. Ich kann dann, auch über grössere Distanzen hinweg, die Leine loslassen, der Hund wird immer zu IHR sprinten. Wenn er sich sonst auf seinem Weg von etwas Verlockendem oder Reizvollem ablenken lassen würde... Wenn SIE auftaucht, ist SIE seine ganze Welt. Anschliessend kuschelt er sich an SIE, und man sieht ihm an, dass in seinem Herzen die Sonne aufgegangen ist.

Man könnte aufgrund dieses Verhaltens vermuten, dass SIE in der Rudelhierarchie an oberster Stelle steht – und dies mag auch so sein und ist gut so. Aber es ist viel mehr als das blosse Einfügen in eine Rudelhierarchie. Ich bin überzeugt, dass hier echte, tiefe Gefühle im Spiel sind – und zwar beidseitig. Der Hund erwidert das, was er von seinem Menschen erfährt. Ich kann nicht anders, als es mit dem Wort zu beschreiben, das eher zu viel als zu wenig benutzt wird, aber in diesem Fall trifft es zu: Liebe. Mit niemandem sonst ist der Hund so innig verbunden wie mit IHR.

Spätestens durch diese Beziehung zu Menschen, die bei einzelnen besonders intensiv und durch eine besonders enge Bindung geprägt ist, wird der Hund ein Hund der Beziehungen, ein Individuum mit einer eigenen Lebenswelt. Deswegen ist es ihm relativ egal, wo er ist – er ist in erster Linie dort zu Hause, wo seine liebsten Menschen und vor allem SIE ist. Darum ist der Hund nicht nur treuer Begleiter oder aufmerksamer Zuhörer, sondern er ist ein Bestandteil der Familie, die der entscheidende Teil seiner Welt ist.

Es gibt Menschen, die sehr verbunden sind mit dem Ort, an dem sie wohnen. Sie fühlen sich dort wohl, wo sie aufgewachsen sind – auch wenn nicht alle «Geschichten» («stories»), die sie erlebt haben, mit positiven Emotionen und Erlebnissen verbunden sind.

Andere lieben den Aufbruch, die Veränderung. Sie sind eher Suchende. Oft sind Suchende auch solche, die finden. Sie sagen weniger, dass sie wissen, was sie haben, sondern mehr, dass sie gefunden haben, was sie suchten.

Brüche im Leben, die den Verlust des Gefunden oder Verlässlichen bedeuten können, sind nicht immer leicht zu verkraften. Es ist erstaunlich, wie Hunde ihren Schmerz zeigen können. Es gibt herzzerreissende Geschichten über Hunde, die am Grab ihres Besitzers trauern. Manchmal musste den Hunden Futter gebracht und ein Schlafplatz eingerichtet werden, da sie wochenlang beim letzten Ruheort ihres geliebten Menschen blieben.

Wenn ich den Hund auf SIE zu rennen sehe, und er sich mit absolutem Vertrauen in IHRE Arme wirft, werde ich daran erinnert, was im Leben wirklich zählt.

Kapitel 10: Entwicklung

Loriot hat gesagt: «Das Leben ohne Hund ist möglich, aber sinnlos.»

Schon seit Jahrtausenden steht der Hund dem Menschen zur Seite. In dieser Zeit hat der Hund sein Verhalten und sein äusseres Erscheinungsbild so verändert, dass der Mensch ihm seine Beachtung schenkt und ihn als Partner wahrnimmt. Die Augen bekamen den typischen Hundeblick, der bei uns etwas in Gang setzt, was nur schwer zu beschreiben ist. Ich meine, wenn zwei Hunde sich direkt in die Augen schauen, bedeutet das oft nichts Gutes. Bei direktem, längeren Augenkontakt ist die Lage äusserst angespannt. Der Hundeblick wird bei einem Menschen eine längere Zeit mit einem fast hypnotischen Ausdruck ausgeübt. Was für eine Anpassung des Hundes gegenüber seinem ursprünglichen Verhalten!

Der Hund, der bekanntlich vom Wolf abstammt, überwand seine Scheu vor dem Menschen, wagte sich in die Nähe von Lagerfeuern und gelangte an Essensreste. Bei unserem Hund ist es erstaunlich zu beobachten, wie es in ihm «drin» ist, dass er nach den Mahlzeiten den Boden absucht und oft im Anschluss an ein Essen signalisiert, dass er jetzt, anschliessend an uns, an der Reihe ist.

Der Hund studierte uns Menschen so gut, dass er begriff, dass unser Lächeln kein Ausdruck von Aggression ist – unter Hunden ist das Hochziehen der Lefzen eine deutliche Warnung. Vielmehr verstand er, dass Lächeln bei uns Menschen etwas komplett anderes bedeutet, und ich bin überzeugt, dass er sich entspannt, wenn er angelächelt wird.

Ich frage mich, wenn ich sehe, wie der Hund neues Verhalten lernt, sich in ein menschliches Rudel einfügt und tiefe Gefühle zeigt, was prägender ist: die Gene, also das, was uns Geschöpfen an Erbinformationen mitgegeben wird, oder das Erlernte, das soziale Verhalten, das angeeignet wird durch Interaktion, durch Beziehung, durch gezeigte und erwiderte Gefühle, dadurch, dass wir durch bestimmte Verhaltensweisen Wertschätzung, Erfolg oder Zuwendung erfahren.

Wenn wir den Sohn oder die Tochter eines uns bekannten Menschen sehen, dann fragen wir ja nicht nur, ob er oder sie die Augen oder die Nase vom Vater oder von der Mutter habe, sondern wir mutmassen auch, dass die Eltern ihrem Kind Begabungen und Verhaltensweisen mit in die Wiege geben: «Es kann gut Rechnen. Das hat es von seiner Mutter.»

Die Frage ist, ob das Kind aus seiner «Erbmasse» heraus lernt, oder dadurch, dass die Eltern in einer bestimmten Sache eine Begabung oder eine Vorliebe haben und diese dann über ihr Wissen und ihre Begeisterung dafür an ihre Kinder weitergeben: entsprechende Bücher werden besorgt, entsprechende Veranstaltungen besucht, Gespräche über das einschlägige Thema geführt.

Aus der Sicht des Hundes gefragt: Würde der Hund überleben können, genug Nahrung finden und Nachwuchs aufziehen, wenn er in erster Linie Wolf geblieben wäre und sich nicht auf die Beziehung zum Menschen «spezialisiert» hätte?

Ich frage mich, ob der Mensch – oder irgendein Lebewesen – nicht mehr ist als die Summe seiner Gene. Denn ich stelle mir vor, wenn die Gene für unsere Begabungen und Fähigkeiten zuständig wären, sodass im Lauf des Lebens bestimmte Gene «aktiviert» würden, und ich würde mich aufgrund einer solchen Aktivierung entsprechend verhalten – und zwar so und nicht anders, wie es im Gen festgelegt ist – dann käme ich nicht gegen die Vorherbestimmung durch die Gene an. Zwar könnte ich versuchen, etwas zu erlernen, ein Verhalten zu ändern, eine nicht in meinen Genen angelegte Begabung zu entwickeln, aber weil es nicht in meiner Erbmasse vorhanden wäre, könnte ich mich noch so anstrengen, könnte jedoch meine «Natur» nicht täuschen und würde wohl schlussendlich merken, dass ich mich zwar redlich, jedoch vergeblich bemühe.

Mein Bild von Menschen und anderen Lebewesen ist ein anderes. Ich denke, dass wir Menschen nicht das sind, was wir schon immer waren. Sondern dass wir im Lauf der Zeit – durch unsere Beziehungen zu anderen Menschen und

Lebewesen – zu dem werden, was wir sind. Dieser Prozess ist weder vorgegeben noch je abgeschlossen. Ich messe Begegnungen mit Menschen, mit ihren Gedanken und ihren Erfahrungen, einen sehr hohen Stellenwert zu. Wenn ich zurückdenke, so haben Wendungen und Entscheidungen in meinem Leben, die zu einem Zuwachs an Fähigkeiten oder zu einem geänderten Verhalten – kurz: zu einer Entwicklung – führten, immer mit Menschen zu tun gehabt, denen ich in diesem Moment begegnet bin. Der Entwicklungsschritt kann durch eine Freundschaft ausgelöst werden, durch ein Familienmitglied, einen Lehrer oder eine Lehrerin, durch ein Idol oder irgendeinen Menschen, der durch sein Sagen, Schreiben und Tun in mir etwas wachgerüttelt hat.

Dabei stellen für die einen eher das Zuhören und Beobachten die Grundlage für Entwicklungsschritte dar, für die anderen das Nachahmen, Forschen und Entwickeln. Beides kann aber zum gleichen Ziel führen.

Ich führe den Menschen, der ich heute bin, in erster Linie nicht auf mich selbst zurück, sondern ich bin zu dem geworden, der ich jetzt bin, durch Begegnungen mit anderen. Dabei sind mir aber durchaus Grenzen gesetzt. Dies liegt wohl weniger an meinen Genen, sondern daran, dass ich schlicht und einfach Mensch bin und dies auch bleibe, wodurch ich mich stets innerhalb menschlicher Grenzen bewege – und dies ist auch gut so.

Wobei es durchaus Menschen gibt, bei denen ich denke: an ihnen ist etwas Übermenschliches, eine Begabung, die menschliche Grenzen sprengt. Nennen könnte man Leonardo da Vinci, Mozart, Goethe und ja, auch Roger Federer. Menschen, die Grenzen sprengen, braucht es immer wieder, um die Welt insgesamt in irgendeiner Weise voranzubringen.

Solche Menschen sind die Ausnahme und nicht die Regel. Ich denke, auf unserem Weg kann jeder Mensch uns prägen, erneuern und entwickeln – besonders die Menschen, die uns besonders nahe sind.

Der Hund hat sich innerhalb seiner erlebten und gelebten Beziehungen zu dem entwickelt, was er heute ist. Und seine Entfaltungsmöglichkeiten sind noch lange nicht ausgeschöpft.

Kapitel 11: Diskutieren

Wenn der Hund

nicht einverstanden ist,

nicht verstehen kann,

dass ich nicht verstehe;

mir etwas mitteilen möchte,

seine Bedürfnisse kundtun,

dann formt er Laute

und gibt Geräusche von sich,

ganz ähnlich von Worten.

Ich frage nach

und er diskutiert weiter,

macht sich verständlich,

unermüdlich.

Und meistens weiss ich

    -   irgendwann –

was er mir zu verstehen

geben will.

Dieses «Diskutieren»,

wie ich es nenne,

ist so liebreizend,

irgendwie rührend,

weil er sich so bemüht,

sich dem anzupassen,

was er bei seinen Menschen beobachtet:

die Sprache.

Dabei hat er seine durchaus.

Nicht dass er keine hätte.

O nein!

Er hätte so viele Zeichen,

Gesten und Töne,

die er alle gelernt hat

und versteht.

Aber bei mir

beschränkt er sich dabei

auf das Wesentliche.

Miteinander diskutieren,

miteinander im Gespräch bleiben,

den richtigen Ton treffen,

bei sich und beim anderen bleiben,

hat seine Tücken.

Dennoch unverzichtbar,

andere Meinungen gelten zu lassen,

einzubeziehen,

wenn auch manchmal

etwas totgequatscht wird.

Der Hund diskutiert auf seine Weise

um sich ins Gespräch zu bringen

bei mir.

Ich antworte ihm,

und er hat Geduld mit mir,

mich zu lehren,

was es heisst,

Konversation zu führen,

und zwar

nicht am anderen vorbei,

sondern auf mich zu,

mit einem Wort:

miteinander.

Kapitel 12: Genuss

Der Hund

empfindet ihn

den Genuss

ist ganz im Moment

beim Streicheln

beim Essen

beim Spazieren.

O Mensch,

wäre ich doch mehr

ein Hund,

so könnte ich ganz bleiben

im Moment,

den Genuss wahrhaftig

erleben.

Wer weiss, wenn ich mehr würde

wie ein Hund,

wäre ich wahrscheinlich

ein besserer Mensch.

Kapitel 13: Abschied

Sollte er einmal

gehen müssen

von dieser Welt,

ich wäre am Boden

zerstört;

wäre nicht

zu trösten.

Ein Teil meiner Welt

wäre gestorben.

Dennoch scheint mir

tröstlich:

Der Hund denkt nicht daran,

dass er einmal

gehen muss.

Ganz anders

als wir.

Wir ringen oft

mit unserem Ende.

Obwohl unser Leben

oft 70, 80 Jahre oder mehr dauert;

viel kürzer

beim Hund,

dennoch

ist beim Menschen

- bei allem Schönen –

oft vieles offen,

unabgeschlossen

und bruchstückhaft.

Woran ich

keinen Zweifel habe:

Wenn ich auf dem Weg bin,

hinaus aus der irdischen Welt,

ist er, der das Leben und seine Liebsten

bedingungslos liebte…

Wenn ich mich auf den Weg mache,

ist er, der mir und anderen

seine uneingeschränkte Zuwendung schenkte,

schon lange

angekommen

dort,

das wir

mit einem Wort

nennen:

Himmel.

sein

Name

lautet

übrigens

ROMEO